詩集

One

入江　蓮
Ren Irie

文芸社

目 次

『たったひとつの……』

○

たったひとつの
想いだけを

見つめて
見つめて

すべての音も
すべての静けさも
自分のためだけにあるという　幸福

○

いつも
いつも
「がんばらなくていい」と
言ってくれたのは
君だけだった

「弱い人間」と君は言うけど
弱い君がいてくれるから

弱い僕がいてもいいんだと思える

○

少しずつ「ひとり」になるのがわかる。

「さみしい」のではなく
「孤独」

ひとつずつ　レンガを　積み上げるように
私は　孤独を　積み上げる。

大丈夫。
私たちの未来はまっくらじゃない。
ただ一筋の光を求めて
共に歩いていこう。

○

僕の言葉で
君がそんなに不安になるなら

このノドを
かき切ってしまえばいい。

人間が
言葉で気持ちを伝え合う生き物じゃなかったら

もっと　わかり合えたんだろうか。
もっと　信じ合えたんだろうか。

12-13

手をつなぎ合えば
こんなに近くにいるのに

言葉にすると　途端に　遠くなる。

なんだか
この想いは

言葉にするほど
嘘になるね。

○

みんなは
ストレスは言えば楽になるって言うけど

あまりにも
重いストレスは
口に出すことでさえ
ストレスになるんだ

言える時まで
待ってるから
いいよ

14-15

青い空の下に
あなたが在《い》る。

それだけでいい。

私の上に
青い空が在《あ》る。

それだけでいい。

○

とっくに　この世界から消えていたかもしれない
それなら　いつこの世界から消えたってかまわない

でも　きっと　本当は

誰かに必要とされたい
この世界から必要とされたい

とっくに　この世界から消えていたかもしれない
だけど
私はこの世界に残された

その意味を　知りたい
どうしても

○

私は今まで　運命のままに
生きてきたような気がするけど
本当は
ちゃんと　自分で選んで生きてきたんじゃないか?

きっと
自分で　選んで　生きてきて
その道は　まちがっていなかった

正しい道を選んできたんだ

だって　あなたに出会えた

だから
これからも　自分で選んで
生きていくと誓うよ

もう　自分を
偽ることはやめるんだ

○

夜明けが
いつも
眩しいとは　限らない

君が
君の
たったひとつの
誇りで　いなさい

自分を探すことって
神様を信じることのようなものかもしれない

すべての夜につながる静けさよ
すべての夜につながる祈りよ

星が眠り
空が目覚める
時のはざま

遠くなる星
遠くなる君

私は

私を信じて生きていこうと思う。

『私が私であるために』

△

私が私であるために

成し遂げられる全て
成し遂げられていく全て

私が私であるために
歩いていくこの道は

果たして私に続いているんだろうか

近道でなくとも
どうか
まちがった道ではありませんように

君の声は

喩《たと》えるなら
そう

指先から
こぼれ落ちる光

自分という人を
ひとりで抱えているような人でした

△

それが
あなたを支えるコトになるのなら

今は
カラ元気でも

私は
笑顔でいようと思う

私は
私のために生まれてきた

誰のためでもなく
私であるために

△

君が
愛に　還る　その日まで

どんなに　きれいな水でも
流れなければ
濁ってしまう

どんなに　悪い流れの水でも
最後は
海に辿り着くだろう

△

また　自分を　キライになってしまった

どうして
君じゃなくちゃ　ダメなんだろう

他の誰が認めてくれたって
君じゃなくちゃ　ダメなんだ

どうしても

もう
何からも
守られたくない

傷つくことでしか
達することができない場所がある

△

人間は
ひとりで生きていけないし
「守られたくない」なんて
傲慢で愚かな考え

「守られている」からこそ　言える言葉

ただひとりに
ひとりの僕になって

君と向かい合いたい

北の星一つ
西の星二つ
東の星三つ　流れたら

貴方に会える

南の十字架　祈り見る

△

誰かに　認めてもらうことより
君が
君を認めることのほうが
何十倍も難しいさ

この背中に
羽根があるかなんて
知らない

やっと
手をのばしたところなんだ

△

雲間の闇
花蜜落ちて
珠となる
赤い花蜜
恋の魅薬という伝え

『一粒ずつの月』

□

ただ
君のために
君だけを想って
流した涙で

もう
どこにも行き場所のない
涙を流すのはやめよう

泣き虫ってみんな呼ぶけど
嘘の涙なんて
流したことないよ

月夜の砂漠
私の涙も
枯れ果てた

□

あなたがこぼした
ただ一粒の涙は
まるで小さな月のようでした

三日月
涙
魔法になる

□

うたかたの夢
君の涙を覚えてる
どうしても
せつないのは
紫がかった
夜のせい
光の粒を数えても
まだ遠い
水鏡に
背をむけて
すいこまれるのを
待つばかり

白い雲があるから
空の青さはより青い

すべてのことも
そんなふうに
考えて　生きていけたら

□

三日月も
よく目を凝らして見ると
ちゃんと丸いのがわかる

影になってる部分も
必ずそこに存在はしているのだ

その影は
きっと地球（じぶん）の影にちがいない

君の言葉を
つなぎ合わせました

それは　まるで
紫水晶のように
淡く
悲しく
輝きました

□

限りなく　広がるものよ

夢よ
心よ
あたたかさよ

いつか　宇宙の塵となる日まで

46-47

胸の青燃える時
闇のはざまに
一《ひと》旒《ながれ》の水

私を呼んだは
恋か邪か

□

一度迷えば
抜けだせぬ

消え入りそうな
月だけが
水面を照らして

どこまでも
まっすぐに上っている
飛行機雲は
きっと
神様に続いているに違いない

□

空の青さは
悲しみに比例して
濃くなるみたい

胸の中から
むくむくと
入道雲がわき上がってくるみたいな夜

□

空を見上げた
そこには　地球が浮かんでた

青く　青く輝く地球が浮かんでた

空が赤く染まってく
雲が赤く染まってく

青い地球は
赤い雲につつまれて

消えた

生まれ変わったら
くじらになるの

深い　深い海の底で
唄を唄うくじらになるの

□

すべての悲しみを癒すように
すべての苦しみを癒すように

あたしは
唄を唄うの

深い　深い海の底で

心って
どこにあるのかな

□

いつも
いつも心の中に
何かがあって
いつも
何かを叫んでた

だけど
その「何か」が何なのか
わからなくて
だけど
確かに「何か」があって

そんな時
あなたの声が
聞こえてきたんだ

□

またた゛
甦るあの感覚

心が
細く　鋭く
尖っていく
あの感覚

いやだ
もういやなんだ

自分さえも憎みたくなるような
あんな感覚は

□

すべてのことには意味がある
ほんとうかな

人が生まれてくることに
意味なんて必要なんだろうか

人が生きていることに
意味なんて必要なんだろうか

ただそこに存在しているだけじゃ
だめなのかな

あなたと出会ったことに
意味なんて必要ない

□

あなたは
私を導く
ただひとつの光

世界は
ぐるぐると
まわり続ける

ばらばらになりそうな
心を
つなぎ合わせるように
歌を歌い
抱きしめ合おう

□

あなたとわたしの間に流れる空気が
好きでした

あたしの中で
何かがはじけた

はじけた何かは　あなた
あなたへの気持ち

あたしの中で
ポンっと音をたてててはじけた想いは
それでも
宇宙の塵のように
あたしの中を彷徨うのです

□

空に恋焦がれたさかなは
青い空を想いながら
青い海を泳ぐ
決して届かぬ
永遠の青い心

66-67

もう
君には何も感じない
喜びも
悲しみも
痛みも

怒りさえ

□

なんとかなるさと考えがちな僕は
果たして逃げているのだろうか

傷ついてでもぶつからなければ
人と人は向き合えないのだろうか

だけど
僕だって
傷つかなかったわけじゃない
傷ついていないわけじゃないんだ

毎日会えても
ずっと会えなくても
苦しさは変わらなかった

あなたとは
そういう運命のもとに生まれたのかも
なんてことさえ
考えた

□

やじろべえ
折れた
僕が君を
好き過ぎた

邪魔者は消してしまえ
面倒くさいことからは逃げ出せばいい
だけど
神様　人間は平等だ
だって
僕の上には
青い空があるし
光が射している

□

そうやって
彼は人を殺した

光のすじを辿って
辿り着いた虹の下
そこが喩《たと》え
光に満ちていなくても
僕にとっては
たったひとつの
居場所だから

□

静かな夜だ
とても

雲が流れる音が
聞こえるような夜だ

偶然の出会いが
紡ぎ出す
必然のこと

□

泣いちゃえばいいのに

君は
心も
体さえも
いっこうに素直に
ならないんだね

泣いちゃえばいいのに

76-77

このビルの森の中で
君は何に季節を感じるんだろう

でも
この街の空も青くて
確かに青くて
胸が痛い

冬が近づくにつれ
空気が　少しずつ
少しずつ　澄んでいく

星が　少しずつ
少しずつ　その輝きを増していく

□

やがて
星よりも白い輝きを放ちながら
雪がこぼれ落ちてくる

少しずつ
少しずつ　地上を覆う
君を　覆う

『夏の終わり』

○

誰もいない学校
世界で
たったひとりになったような気持ちで
グラウンドに寝転んで
空の青さを確かめる
「ここにいる」
「僕はここにいるよ」
つぶやいた言葉は
空に溶ける

でも　ひとりぼっちも
たまには悪くない
空も風も土も
全ては今　僕のもの
だからお願い　僕の全てを抱きしめて

⬡

「忘れないで」と
君は言った

「忘れないで」と
去っていった君

いくつもの雲が流れ
いくつもの雨が落ち
いくつもの時が満ちた

まだ　君は戻らない

君の本当のさみしさなんて
きっと
誰も　わかってくれないよ

ただ
ひとりでも　叫び続けるしかないさ

むなしくたって
悲しくたって
叫ぶことしかできないんだ

叫ぶことを
諦めたとき

きっと
全てが終わるのだ

『完全なこと』

▯

この世に
「絶対」ということはなくても

あなたの心は
もう二度と戻らない

絶対に

愛って何？
幸せって何？
生きるって何？

そんな言葉
哲学的で　よくわかんないよ

たったひとつの答え

「好き」

それだけ

君と
ゆびきりげんまんした
約束は
嘘みたいに
消えた

著者プロフィール

入江　蓮（いりえ れん）

1977（昭和52）年 新潟県生まれ
2000（平成12）年 淑徳大学卒業

詩 集 One

2003年2月15日　初版第１刷発行

著　者　入江 蓮
発行者　瓜谷 綱延
発行所　株式会社文芸社
〒160-0022 東京都新宿区新宿１－10－１
電話 03-5369-3060（編集）
03-5369-2299（販売）
振替 00190-8-728265

印刷所　図書印刷株式会社

ISBN4-8355-5173-7 C0092